QUELQUES
ODES DE HAFIZ

TRADUITES POUR LA PREMIÈRE FOIS EN FRANÇAIS

PAR

A. L. M. NICOLAS

PREMIER-DROGMAN DU CONSULAT GÉNÉRAL DE FRANCE A SMYRNE

CET OUVRAGE A OBTENU UN PRIX AU CONCOURS DU MINISTÈRE DES
AFFAIRES ÉTRANGÈRES POUR 1897.

PARIS

ERNEST LEROUX, ÉDITEUR

28, RUE BONAPARTE, 28

1898

XXVIII. — *La Bibliothèque du palais de Ninive*, par J. Ménant. In-18............ 2 fr. 50
XXIX. — *Les Religions et les Langues de l'Inde* par R. Cust. 5 fr.
XXX. — *La Poésie arabe anté-islamique*, par René Basset . 2 fr. 50
XXXI. — *Le Livre des dames de la Perse*, traduit par J. Thonnelier. In-18 .... 2 fr. 50
XXXII. — *L'Encre de chine, son histoire et sa fabrication*, d'après des documents chinois, par Maurice Jametel. In-18 illustré. 5 fr.
XXXIII. — *Le livre des Morts des anciens Egyptiens*, par Paul Pierret. In-18............ 10 fr.
XXXIV. — *Le Koran, sa poésie et ses lois*, par Stanley Lane-Poole. In-18............ 2 fr. 50
XXXV. — *Fables turques*, traduites par J.-A. Decourdemanche. In-18............ 5 fr.
XXXVI. — *La Civilisation japonaise*, par L. de Rosny. In-18. 5 fr.
XXXVII. — *La Civilisation musulmane*, par Stanislas Guyard, professeur au collège de France. In-18............ 2 fr. 50
XXXVIII. — *Voyage en Espagne* d'un ambassadeur marocain (1690-1691), traduit de l'arabe par H. Sauvaire. In-18............ 5 fr.
XXXIX. — *Les Langues d'Afrique*, par Robert Cust. Traduit par L. de Milloué. In-18 .... 2 fr. 50
XL. — *Les Fraudes archéologiques en Palestine*, suivi de quelques monuments phéniciens apocryphes, par Ch. Clermont-Ganneau. In-18 illustré de 33 gravures............ 5 fr.
XLI. — *Les langues perdues de la Perse et de l'Assyrie*, par J. Ménant. In-18............ 2 fr. 50
XLII. — *Mâdhava et Mâlati*, drame sanscrit, traduit par M. Strehly, avec une préface par M. Bergaigne. In-18............ 2 fr. 50
XLIII. — *Le Mahdi*, depuis les origines de l'Islam jusqu'à nos ...., par James Darmesteter. In-18............ 2 fr. 50
XLIV. — *Coup d'œil sur l'histoire de la Perse*, par James Darmesteter, professeur au Collège de France. In-18............ 2 fr. 50
XLV. — *Trois nouvelles chinoises*, traduites par M. le marquis d'Hervey de Saint-Denys, de l'Institut. In-18............ 5 fr.
XLVI. — *La Poésie chinoise*, par Imbault-Huart. In-18. 2 fr. 50
XLVII. — *La Science des Religions et l'Islamisme*, par Hartwig Derenbourg. In-18............ 2 fr. 50
XLVIII. — *Le Cabous Nameh*, ou Livre de Cabous, de Cabous Onsor el Moali, souverain du Djordjan et du Guilan. Traduit pour la première fois en français avec des notes, par A. Querry, consul de France. Fort volume in-18............ 7 fr. 50
XLIX. — *Les Peuples orientaux* connus des anciens Chinois, par Léon de Rosny. Nouvelle édition. In-18............ 5 fr.
L. — *Les Langues perdues de la Perse et de l'Assyrie*, par J. Ménant. II. Assyrie. In-18............ 5 fr.
LI. — *Un Mariage impérial chinois*. Cérémonial, par G. Devéria. In-18 illustré............ 5 fr.

BIBLIOTHÈQUE ORIENTALE ELZÉVIRIENNE

LXXIII

QUELQUES

ODES DE HAFIZ

QUELQUES
ODES DE HAFIZ

TRADUITES POUR LA PREMIÈRE FOIS EN FRANÇAIS

PAR

A. L. M. NICOLAS

PREMIER DROGMAN DU CONSULAT GÉNÉRAL DE FRANCE A SMYRNE

———

CET OUVRAGE A OBTENU UN PRIX AU CONCOURS DU MINISTÈRE DES
AFFAIRES ÉTRANGÈRES POUR 1897.

PARIS
ERNEST LEROUX, ÉDITEUR
28, RUE BONAPARTE, 28

1898

AVERTISSEMENT

Traduire un poète persan est œuvre
essentiellement épineuse, que je n'eusse
pas tentée si je n'avais été séduit par la
beauté et l'élégance des vers, la richesse
des images, la profondeur de la pensée et
la contradiction qui semble exister entre
le texte même et la signification qu'il lui
faut donner. Je n'ai cependant pas douté
un instant que mes forces ne fussent
au-dessous de la tàche que je m'étais
assignée : cette conviction m'a long-
temps fait hésiter à présenter ce mo-

deste essai aux savants maîtres qui seront chargés de l'examiner, mais la bienveillance qu'ils ont témoignée à mon premier travail a levé mes derniers scrupules.

Il existe, en effet, deux méthodes à employer pour traduire une œuvre étrangère. L'une consiste à suivre l'auteur dans un mot à mot strict, qui rende le sens pour ainsi dire matériel du contexte en une langue cependant suffisamment claire pour ne pas laisser prise aux erreurs. L'autre méthode recommande non plus une interprétation servile, mais une paraphrase élégante, qui, tout en rendant les idées même du poète, les transcrive cependant avec des images nouvelles plus appropriées aux goûts des lecteurs nouveaux.

La première de ces deux méthodes est, je crois, celle que l'on s'accorde généralement à reconnaître comme la meil-

leure, et j'eusse bien voulu m'y soumettre si la chose ne m'eût pas paru
impossible.

En effet, Hafiz, comme tous les poètes
persans d'ailleurs, écrit avec une conci-
sion qui fait le désespoir des Européens
qui veulent le lire. La grande élégance,
chez les maîtres de l'Iran, ne consiste
pas dans une description minutieuse des
scènes qu'ils présentent ou dans une
explication détaillée des sentiments qui
les animent. Il est à remarquer qu'en
général les deux distiques d'un vers
forment un sens complet et qu'on pourrait, comme cela se fait dans tous les
manuscrits, intervertir complètement
l'ordre des vers dans une même ode
sans rien leur retirer de leur valeur ou
de leur signification. Enfermée dans ces
bornes étroites, la pensée n'a plus, pour
s'exprimer, qu'un petit nombre de mots
à sa disposition. Il faut donc que ces

mots fassent jaillir avec force du cerveau du lecteur l'idée ou l'image de la scène évoquée. Dans ces conditions, l'obscurité eût régné en souveraine maîtresse si le poëte ne s'appuyait, pour nous guider, sur des jeux de mots ou sur des allusions constantes aux mœurs, aux idées, à la religion, à l'histoire de son pays. On concevra dès lors combien une traduction « fidèle » resterait au-dessous du texte primitif et présenterait peu d'agrément au lecteur européen.

Mais, d'un autre côté, une paraphrase, ou, comme dit Voltaire, « une traduction libre d'un texte souvent trop libre », ne donnerait aucune idée de l'originalité de l'œuvre et du mode de penser des Persans.

La difficulté est donc réelle et l'écueil inévitable. Je n'en citerai que deux exemples bien caractéristiques, l'un emprunté à Hafiz et l'autre à Sa'adi.

La douzième ode renferme le vers que j'ai traduit ainsi : Oui tes lèvres, tes jolies lèvres étaient en droit de déverser sur les blessures brûlantes de mon cœur tout le sel dont elles sont empreintes.

Le sel est, évidemment ici, les railleries ou le dédain qui accueillent les transports amoureux du poète. Ces railleries ou ce dédain augmentent en même temps et les douleurs et l'amour de notre auteur comme le sel appliqué sur une plaie vive exaspère la souffrance et empire le mal. L'interprétation est bien dans la note persane, et cependant j'ai trahi complètement la pensée de Hafiz. J'ai dénaturé le sens littéral et j'ai remplacé une image par une autre. Que j'aie eu tort, j'en demeure convaincu, mais, cependant, je doute que l'on accueille avec aisance la figure que je vais expliquer ici.

Il est d'usage courant de dire en

Perse, pour exprimer une beauté qui séduit — « mon foie brûle », « mon foie est un rôti », — et encore, — j'en demande pardon au lecteur européen, — cela veut-il dire : « rôti à la broche ».

Le rossignol de Chiraz est certainement, à notre point de vue, bien étrange, puisque le sens absolu de ce vers est :

« Tes lèvres de rubis ont raison de se moquer d'un amoureux comme moi, car l'éclat de ta radieuse beauté est au-dessus d'un mendiant de mon espèce ; c'est donc à juste titre que tu railles, et pour pour moi tes railleries ont l'amertume du sel. Cependant ton amour me brûle comme le feu cuit une pièce de viande à la broche mise en sa présence. Tu le sais, à ce mets ainsi préparé il faut du sel pour en relever le goût. Ton œuvre n'eut donc pas été complète si tu ne m'avais accablé de tes dédains : complètement cuit et brûlé par ton amour, il ne manquait que du sel au plat préparé par toi avec ma personne, eh bien, ce sel, tu l'as déversé sur moi avec tes railleries. »

Cette comparaison peut-elle être admise ? Je ne le pense pas, pas plus d'ailleurs que celle de Sa'adi qui s'écrie dans son *Terdji Bend :* « Je n'avais jamais vu la lune avec un chapeau, je n'avais jamais vu un cyprès habillé. »

Réduite à ces proportions la traduction n'évoque plus que l'idée d'une image grotesque indigne de la renommée de notre auteur. On sait que les Orientaux en général, et les Persans en particulier, sont fort amateurs de beautés plantureuses. Le critérium de leurs comparaisons réside justement dans la rondeur d'un visage trop bien portant rapprochée de celle de la lune à son quatorzième jour. Ton visage ressemble à celui de la lune, s'écrient à chaque instant nos poètes, et Sa'adi va plus loin :

« Tu es la lune même descendue sur la terre, dit-il, et j'ai vu ce miracle, la lune couverte des ornements d'une femme. »

La taille est toujours comparée, pour l'élévation, la finesse et la flexibilité, à celle du cyprès, et, là encore, Saadi, transporté d'enthousiasme, dépasse l'exagération de ses confrères et trouve que son amoureuse est le cyprès lui-même fait femme et revêtue des habits de son sexe.

L'œuvre du poète donne donc lieu à une foule d'interprétations différentes. Le charme, pour les Persans, réside précisément dans cette rêverie qu'entraîne forcément la lecture d'une œuvre poétique. La scène à peine ébauchée, le sentiment à peine exprimé laissent une liberté d'allures excessive à l'imagination vagabonde. Le lecteur se laisse entraîner aux souvenirs, aux rêves, aux aspirations de son âme. Il est sans cesse ramené aux scènes de la vie qu'il a vécue et entre personnellement en jeu au milieu des larges mailles de ce filet, alors que, d'un autre côté, les allusions amoureuses à la Divinité s'adaptent pour lui à chaque instant de son existence. Les lisant dans un moment où ses sens parlent plus haut que son imagination, il se soucie fort peu du mysticisme qui les enveloppe et se laisse entraîner sur la pente rapide de l'amour charnel ; préoccupé au contraire de pensées élevées, rassasié pour un moment des excès ou des plaisirs de ce bas-monde, il s'exalte alors à l'idée de cet amour divin et trouve, en réalité, dans la même page, le poison et l'antidote [1].

1. M. Anatole France exprime avec tant de précision les idées que je tâche d'indiquer ici, que je ne puis m'empêcher de citer ce passage du *Jardin d'Épicure* : « Quand on lit un livre, on le lit comme on veut, on en lit ou plutôt on y lit ce

— X —

Et maintenant quel moyen choisir
pour rendre exactement la pensée des
poètes de l'Iran? Traduire mot à mot

qu'on veut. Le livre laisse tout à faire à l'imagination. Aussi les esprits rudes et communs n'y pren-
nent-ils, pour la plupart, qu'un pâle et froid plaisir. Le théâtre, au contraire, fait tout voir et dis-
pense de rien imaginer. C'est pourquoi il contente
le plus grand nombre. C'est aussi pourquoi il plaît
médiocrement aux esprits rêveurs et méditatifs.
Ceux-là n'aiment les idées que pour le prolonge-
ment qu'ils leur donnent et pour l'écho mélodieux
qu'elles éveillent en eux-mêmes. Ils n'ont que faire
dans un théâtre et préfèrent au plaisir passif du
spectacle le plaisir actif de la lecture. Qu'est-ce
qu'un livre? Une suite de petits signes. Rien de
plus. C'est au lecteur à tirer lui-même les formes,
les couleurs et les sentiments auxquels ces signes
correspondent. Il dépendra de lui que ce livre soit
terne ou brillant, ardent ou glacé. Je dirai, si vous
préférez, que chaque mot d'un livre est un doigt
mystérieux, qui effleure une fibre de notre cerveau
comme la corde d'une harpe éveille ainsi une note
dans notre âme sonore. En vain, la main de l'ar-
tiste sera inspirée et savante. Le son qu'elle rendra
dépend de la qualité de nos cordes intimes. »

en rejetant en note, presque à chaque phrase, une explication longue et par suite pénible, serait imposer aux lecteur une double fatigue à laquelle aucun d'entre eux ne voudrait se soumettre ; paraphraser d'une façon générale et continue serait s'attirer le qualificatif de *traditore* du proverbe italien ; j'ai pensé devoir user avec ménagement de l'une et de l'autre méthode ; j'ai employé ou j'ai cru employer le moins de mots possible pour rendre le sens complet ; mais je crains que mes forces ne m'aient trahi et que je m'attire par là les reproches des deux écoles que j'ai tenté de concilier dans cet humble essai.

A.-L.-M. NICOLAS.

———

ODES DE HAFIZ

I

Attention, ô échanson ! fais circuler la
coupe, invite les convives à boire, car, vois-
tu, l'amour nous a d'abord semblé chose
facile, mais ensuite que de difficultés se
sont présentées !

Grâce à ce délicieux parfum que le zé-
phir détache de cette belle chevelure, de ces
boucles empreintes de musc, torses en tous
sens, tous les cœurs sont inondés de sang[1] !

1. Le musc est, d'après les Persans, du sang ex-
trait du nombril de la gazelle. Le poète a voulu éta-

Imprègne de vin le tapis de la prière, si c'est le chef de la taverne ' qui t'y convie, car celui qui suit une route n'ignore ni son chemin, ni l'état des étapes qu'il parcourt [2].

De quelle joie, de quel repos veut-on que je jouisse en cette demeure de ma mie, lorsqu'à chaque instant les grelots de la caravane me convient à me préparer au départ [3]!

blir un certain rapport entre ce sang parfumé et celui dont les cœurs sont inondés par la violence de l'amour qui les embrase.

1. Le Mourchid, c'est-à-dire le guide spirituel que doit prendre tout Saleq.

2. Une variante de texte d'un autre manuscrit peut se traduire par : « Car celui qui nous guide n'ignore pas la route et connaît le chemin qne nous avons à suivre dans cette voie. »

3. On peut traduire aussi : « De quelle joie, de quel repos veut-on que je jouisse en cette demeure de ma mie lorsqu'à chaque instant les grelots de la caravane m'annoncent son prochain départ ! » Mais je pense que la première leçon est plus poétique et surtout plus conforme à la philosophie du poète.

La nuit est profonde, le danger des vagues et des tourbillons de la vie est pressant. Quelle idée peuvent se faire de notre pitoyable état ceux qui, allégés de tout, se trouvent en repos au bord de cette mer ?

Tous mes actes accomplis de mon propre gré m'ont conduit à la déconsidération. Oh! comment eut-il pu rester caché ce secret de mon cœur qui fait en ce moment le sujet de toutes les conversations ?

Veux-tu jouir de la présence divine, ô Hafiz ? ne t'absente pas un instant de celle de ta bien-aimée. Dès que tes regards la rencontrent, renonce au monde, abandonne-le pour la suivre.

II

Si cette belle Turque de Chiraz vient à satisfaire les vœux de mon cœur, je lui fais don, pour le seul amour de son noir grain de beauté, de Samarquand et de Bokhara.

Apporte, ô échanson ! apporte le reste de notre vin, car tu ne saurais trouver en Paradis ni cette rive de Roukn Abad ni les jardins de Goulguecht ou de Mousalla [1].

1. Rivière et jardins de Chiraz. Ces vers sont trop connus pour avoir besoin de commentaires.

Hélas ! semblables aux Turcs dévastateurs qui pillent et saccagent la table d'un festin, ces belles aux doux regards, ces perles de beauté dont les charmes embrasent tous les cœurs, ont mis à néant le repos [1] dont le mien jouissait.

Dans la plénitude de sa beauté notre amie n'a aucun souci de notre incomplet amour. Un joli visage, quel besoin peut-il avoir de

1. Il sera facile de retrouver par la suite des plaintes de ce genre. Hafiz dit autre part : Mon amie m'a conseillé de ne pas me livrer au repos, quoiqu'elle sût que c'était là mon désir. Et Mohammed Ibn-Mohammed Darabi explique : Mon amie véritable, qui m'a emporté le cœur, a vu que ce n'était pas le moment du repos quoiqu'elle sût que j'en avais envie. Ce vers se rapproche de ce Hadis : Combien il y a de choses que vous n'aimez pas, mais qui sont bonnes pour vous, et combien il y a de choses que vous aimez et qui vous sont nuisibles. En vérité, il y en a, parmi mes serviteurs qui, si je les laissais à eux-mêmes, mourraient.

teint, de coloris, de grain de beauté ou de duvet naissant sur la joue [1] ?

Je savais bien qu'à voir cette beauté chaque jour plus éclatante de Joseph, l'amour soulèverait enfin le voile sous lequel se cachait la vertu de Zouleikha.

Répète, ô échanson, répète-nous tes refrains qui parlent du vin et de la danse : un peu moins de zèle à rechercher les mystères de la création ; car, vois-tu, personne jusqu'ici n'a, par la science, résolu cette énigme et personne ne la résoudra [2].

1. Quel rapport ? Quelle liaison y a-t-il entre le premier hémistiche et le second ? Peut-être faut-il comprendre : L'incomplet amour du poète pour l'objet chéri de son cœur, dont la beauté infinie mériterait, selon lui, un amour plus violent encore, peut-il lui servir d'ornement et ajouter à ses charmes ?—Cependant je doute de cette explication.

2. A rapprocher de ces vers d'Hafiz. Tu ne comprendras pas un point des secrets du monde quand

Écoute-bien ce conseil, ô mon âme ! écoute-le, car les jeunes gens favorisés du ciel préfèrent à leur propre vie les avis d'un vieux savant.

Tu m'as grondé, j'en suis ravi, Dieu te le rende, tu as bien fait, car des paroles empreintes d'amertume, cela sied à des lèvres de rubis d'où découle la douceur.

même tu y tournerais comme le compas dans le cercle. Vers que Darabi explique ainsi : Ceci est une allusion aux croyances de ceux là qui voient dans la créature la preuve de l'existence de Dieu. Chebistery dit à ce propos : le philosophe est stupéfait de ne voir dans le monde que la créature. De la créature il veut donner la preuve de l'existence de Dieu, c'est pour cela qu'il demeure étonné devant son essence. J'admire l'ignorant qui prend un flambeau pour chercher le soleil. Il faut, en effet, savoir que les choses que nous voyons n'existent pas en elles mêmes, l'on ne peut donc en tirer la preuve de l'existence de Dieu. Il faudrait, en effet, que la preuve fût alors plus évidente que Dieu lui-même.

Cette ode, ô Hafiz, véritable perle que tu as percée, viens nous la chanter de ta charmante voix, afin que le ciel, détachant le nœud qui retient l'écrin des pléiades, les fasse en offrande pleuvoir sur toi.

III

O vous! dont le resplendissant visage
donne à la lune tout l'éclat dont elle brille
dans le ciel! au puits ' creusé sur votre menton est puisée la plus belle eau des perles de
beauté.

Brûlant du désir de se joindre à vous,
mon âme est déjà sur mes lèvres [2] : doit-elle
retourner sur ses pas? doit-elle s'envoler
vers vous? dites, quels sont vos ordres?

1. Fossette, voir plus loin.
2. Expression qui se rencontre souvent chez les
poètes persans et qui veut dire : je meurs d'amour.

Quand donc, ô grand Dieu, se réalisera le projet que je nourris de voir un jour mon cœur en repos auprès de sa chevelure en désordre [1].

1. Toutes les odes suivantes sont pleines d'allusions à la chevelure. D'après Darabi : l'Unité dans la multiplicité s'exprime, chez les Soufis, par le mot chevelure. Il en donne pour exemple le vers suivant qu'il explique : Une troupe de gibier s'est prise dans les filets de mon cœur ; cette boucle de cheveux, piège où nous étions retenu, tu l'as défaite, et mon gibier est parti.

Il faut se rappeler qu'en dehors de la secte des Ach'aris aucune religion n'admet que Dieu puisse être vu. Les Soufis, qui disent avoir vu Dieu, n'en ont vu que la réflexion, comme l'image du soleil dans une glace, celle du feu par la chaleur qui en émane. En réalité, le Saleq, qui se dégage des liens de l'existence et de sa personnalité, acquiert un regard qui ne voit plus rien en dehors de Dieu. Il voit Dieu sans voile et c'est pourquoi Hafiz dit « mon cœur a pris une troupe de gibier », c'est-à-dire mon cœur a vu Dieu dans la création. Par suite son cerveau éclairé retrouve la tranquillité, car dans la pensée des savants l'Unité est dans la multiplicité. C'est alors que tu as dénoué tes boucles de cheveux.

Oh! mon cœur se brise, prévenez-en ma mie. Alerte! ô mes amis! faites-le pour l'amour de mon âme, pour l'amour de la vôtre.

Personne, ici bas, n'a échappé au mal que font vos beaux yeux de narcisse! Oh! ne vaudrait-il pas mieux qu'ils ne montrassent jamais leur amoureuse langueur à ceux qui sont ivres de votre amour ?

c'est-à-dire l'image même de la multiplicité et dès lors les pensées matérielles ont été un rideau entre Dieu et moi : mon gibier s'est échappé. Hafiz dit encore : Ne m'interroge pas, car j'ai trop à me plaindre de la noirceur de tes boucles de cheveux, elle a aussi détruit ma fortune de façon que je ne saurais dire. Chébistery écrit : Ne me demandez pas de nouvelles de ses boucles frisées, ne touchez pas les chaînes des fous.

Maintenant que nous avons bien compris de quelle façon on voit Dieu et ce que veut dire cette expression on comprendra que le vers suivant de Hafiz n'enferme aucune faute :

Cette âme que mon amie m'a confiée en dépôt, le jour où je la reverrai je la lui rendrai.

Notre fortune, endormie comme elle est, se réveillera-t-elle parce que des gouttes de vos joues vermeilles auront perlé sur nos yeux?

Envoyez-nous par le zéphyr un bouquet cueilli sur vos joues fleuries, peut-être qu'alors nous pourrons respirer le parfum de la poussière du seuil de votre porte.

Je fais des vœux pour l'éternité de votre existence, ô échanson du festin de Djem [1], bien que ma coupe n'ait pas été remplie durant vos libations.

O Zéphyr, dis de ma part aux habitants de Yezd : Puissent les têtes des ingrats servir de boules à leur jeu de mail!

1. Djemchid, ancien roi de la Perse.

Dis-leur que tout éloignés que nous soyons par le fait, nous sommes proches par la force de la volonté; dis-leur que nous sommes à la fois leur panégyriste et l'esclave de leur roi.

Oh! quand vous passerez près de nous, relevez le pan de vos robes, évitez de le souiller par le contact de la poussière et du sang [1] où nous gisons, car sur ce chemin de l'amour les victimes sont nombreuses; puissent-elles toutes vous être offertes en holocauste!

O roi des rois, un peu de générosité envers nous, afin que nous puissions — comme le fait le ciel — aller baiser la poussière du seuil de votre porte.

---

1. Comparez ce vers : Oh! j'étendrais mon cœur comme un tapis sous vos pas si je ne craignais que vos pieds ne se blessent à une des épines que vous y avez enfoncées.

Écoutez la prière que fait Hafez et dites :
Ainsi soit-il! Puissent vos lèvres roses, d'où
découle la douceur, me servir d'aliment !

IV

Oh ! viens, Soufi, viens, le cristal de la coupe est diaphane, viens admirer la couleur de rubis [1] du vin qu'elle contient.

L'Unka [2] ne deviendra jamais la proie de

1. Plus particulièrement rubis balais. Les vins de Chiraz sont toujours blancs.

2. Nom d'oiseau : il est, comme le phénix, unique de son espèce. Chez les Soufis son nom signifie la connaissance de l'essence de Dieu. Les philosophes ont dit que l'essence de Dieu était impossible à connaitre ; la création elle-même ne peut être pénétrée dans son essence. Ce que l'homme pense de la connaissance de Dieu est autre que ce qui est.

personne, emporte tes filets, car, vois-tu, dans cette voie, le filet [1] ne peut servir qu'à recevoir le vent.

Dans ce banquet de plaisirs [2], vide une ou deux coupes et va-t-en. Je veux dire : ne prétends pas à la présence constante de ta mie [3].

Le connaître tel qu'il est est d'impossibilité absolue, mais chacun peut le voir suivant son intelligence. Mohammed ibn-Mohammed Darabi. *T. L. U. G.*

1. Dans la voie du véritable amour point n'est besoin de ruses et de tromperies. Donnez votre cœur, donnez-le tout entier, et dépouillez-vous de tous les accessoires terrestres.

2. Dans ce bas monde.

3. Ici-bas, voir Dieu est difficile : si un instant tu le trouves, ne sois pas avide de l'avoir toujours, car l'éternité de la vue de Dieu est impossible sur cette terre : il n'apparaît que comme un éclair. Mohammed a dit : « Moi, j'ai un instant avec Dieu : je suis le seul à avoir cet instant : ni l'ange, ni les prophètes ne l'ont eu. » C'est-à-dire je n'ai pu qu'un instant contempler Dieu. Il a dit encore autre part : « Dieu apparaît dans mon cœur et m'accorde sa

Profite du présent pour te réjouir, ô ami, car Adam lui-même a renoncé au Paradis dès que ses provisions furent épuisées.

Les mystères qui nous sont cachés derrière le rideau, demandes en l'explication aux buveurs pris de vin ; car, vois-tu, cette faculté n'a pas été donnée aux seigneurs dévots du clergé.

Oh ! mon pauvre cœur, le temps de ta jeunesse est passé sans que tu aies pu cueillir une fleur dans le jardin de la vie. N'essaye donc pas aujourd'hui de faire d'un grand renom, d'une réputation sage un ornement pour tes blancs cheveux [1].

protection soixante et dix fois par jour. » Mohammed ibn Mohammed Darabi. *Terdjumé lisan oul ghéib.*

1. Comme on le sait, le bien et le mal n'existent pas en réalité, et toutes nos actions, inscrites d'avance sur les feuillets de l'Univers, sont indifférentes. Ne t'occupe donc pas de l'opinion que les

Hafiz est l'esclave de la coupe de Djem. O Zéphyr, va-t-en et, de ma part, présente mes hommages au cheikh de Djam [1].

hommes peuvent avoir de toi, qu'importe leur estime, qu'importe leur opprobe. N'aie devant les yeux que le but vers lequel tu tends de par ta nature elle-même, c'est-à-dire Dieu, et méprise les clameurs humaines.

1. Prêtre célèbre par l'austérité de ses mœurs et sa sainteté. Il y a là en même temps qu'un double jeu de mots par le rapprochement de Djem, Djam, et Djam, qui veut dire coupe, une ironie sanglante à l'adresse des prêtres de l'Islam.

V

O échanson ! lève-toi ! remplis la coupe !
jette une poignée de terre [1] sur les chagrins
de l'avenir.

Mets-moi à la main une coupe de vin
pour que je puisse rejeter loin de moi ce
froc fait d'hypocrisie.

Bien que, auprès des hommes intelli-

1. Idiotisme persan pour : N'aie aucun chagrin,
méprise les vicissitudes de ce monde.

gents [1] ce soit un déshonneur ; mais nous, nous nous soucions fort peu de la bonne renommée.

Va, verse le vin ! jusques à quand soufflera donc le vent de l'orgueil ? Jette une poignée de poussière sur cette concupiscence aux suites funestes.

Je ne vois personne, personne, parmi les grands ou les petits qui soit digne de partager le secret que renferme mon cœur exaspéré.

C'est auprès d'une de ces belles qui calment les cœurs que le mien se trouve tout

1. Intelligents aux yeux du monde, mais non pas aux yeux de l'intelligence. Ce mot doit être compris ici dans le sens que donnent quelques personnes aux mots « les gens bien pensants ».

réjoui ; car, par sa présence, elle met à néant le calme de mon cœur [1].

O Hafiz, prends patience, supporte ton mal jour et nuit, à la fin le moment viendra où tu atteindras le but de tes désirs.

1. Ici quelques manuscrits donnent le vers suivant : « Oh ! quiconque a jeté les yeux sur cette belle au corps argenté, à la taille de cyprès, détournera désormais ses regards du cyprès de la prairie. »

VI

Mon cœur m'échappe des mains, ô hommes compatissants ! Pour l'amour de Dieu ! au secours ! hélas ! mon secret le plus caché va être dévoilé.

Nous voguons sur le vaisseau du monde : ô vent favorable ! lève-toi, il se peut que grâce à toi nous revoyions l'objet chéri de notre cœur [1].

1. Sorti des mains de Dieu et lancé dans le néant de l'existence, l'homme doit aspirer à retrouver la divinité. Les piéges de ce bas monde, les illusions

La faveur de ce monde n'est qu'une fable,
une fable d'à peine dix jours de durée. O
amie, ne laisse donc point échapper cette
occasion de faire un peu de bien à ceux qui
t'aiment.

Le miroir d'Alexandre n'est que la coupe
de Djem — considère cette coupe, elle t'ap-
prendra l'état de Darius [1].

O toi qui es si généreuse, daigne t'infor-

ou plutôt la fantasmagorie d'ici-bas nous trompent
et cherchent à nous égarer : perdus sur l'immensité
de cet océan sans limite, le poète appelle à lui le
vent favorable qui, le poussant dans la bonne di-
rection, le fasse arriver au but pour lequel il a été
créé.

1. Le miroir d'Alexandre, la coupe de Djem :
deux objets magiques dans lesquels on pouvait voir
ce qui se passait dans le monde. Tu apprendras
l'état de Darius, c'est-à-dire tu te rendras compte
du néant des grandeurs humaines et de la rapidité
de leur chute.

mer, ne fût-ce que sous la forme d'un re-
merciement à Dieu pour la santé dont tu
jouis, de l'état du pauvre derviche dénué de
tout.

La paix des deux mondes repose sur ces
deux mots : bienveillance envers les amis,
modération envers les ennemis.

Il ne nous a pas été donné accès dans la
demeure de la bonne renommée : si tel que
nous sommes tu te nous agrées pas, va,
change les arrêts du destin [1].

[1] « Ne blâme pas les savants, ô dévot adorateur
des choses extérieures, ô dévot dont l'argile est
pur, car on ne te rendra pas responsable des fautes
d'autrui. » On lit dans le Koran : « On ne rend pas
responsable quelqu'un d'un péché commis par autrui. » — « Que je sois bon ou mauvais, va, et oc-
cupe-toi de tes affaires, chacun récoltera ce qu'il
aura semé. » Ce dernier vers est conforme au ver-
set qui dit : « Ce bas monde est une terre cultivée
pour l'autre vie. »

Cet amer [1] qu'on qualifie de mère de tous les vices est pour nous plus appétissant, plus doux qu'un baiser sur la joue d'une vierge.

Ne fais point le revêche, car, tu le sais, notre puissante amie pourrait en retour, allumée par le feu de la revanche, te consumer comme une résine [2], le caillou le plus dur étant entre ses mains mou comme de la cire.

Dans ta détresse efforce-toi de te divertir : aie recours à l'ivresse, car cette alchimie de l'être réduit même un Karoun [3] à la mendicité.

1. Le vin.
2. Le texte porte « chandelle ».
3. Karoun, Corée, cousin de Moïse célèbre par ses immenses richesses : Corée et Djemchid sont les termes de comparaison les plus fréquents pour indiquer un homme possédant tous les trésors de ce monde.

Hier, sur le soir, entre les roses et le vin
le rossignol chantait joyeusement : apportez
la coupe. Oh ! vous tous qui êtes pris de
vin, salut sur vous.

Ce n'est pas de plein gré que Hafiz a en-
dossé ce froc souillé de vin. O vous, cheikh
plein de pudeur, sachez-le et excusez-moi [1].

1. Avant ce vers un manuscrit porte celui-ci :
Ces vers persans chantés par le chanteur et par de
joyeux convives, mettraient en branle les vieux les
plus dévots.

VII

D'un côté le temps de la jeunesse, d'un autre les jardins fleuris. Les roses semblent donner cette bonne nouvelle au rossignol mélodieux.

O Zéphyr, si tu viens à passer près des jeunes plantes de la prairie, présente mes respects au cyprès, aux roses, aux basilics.

O toi qui si coquettement formes de tes cheveux ambrés de ravissantes boucles qui encadrent ton visage, oh! ne martyrise pas

ainsi mon cœur, mon cœur déjà si profon-
dément plongé dans le vertige.

J'ai bien peur qu'un jour ceux qui se
moquent si ouvertement des buveurs ne
finissent eux-mêmes par porter en offrande
toute leur dévotion à la taverne.

Sois l'ami de ceux qui aiment Dieu ; car,
dans l'arche de Noé, il était une terre qui
n'eut rien à voir avec le déluge universel [1].

Va-t-en, sors de ce monde et ne sollicite

1. Ceux qui aiment Dieu sont les prophètes.
Mohammed a dit : « Les gens de ma maison sont
comme ceux de l'arche de Noé ; tous ceux qui y
entrèrent furent sauvés, ceux qui restèrent dehors
furent noyés. » C'est en conformité avec ce Hadis
que Hafiz a dit : « Attache-toi aux pas des hommes
du prophète afin d'être délivré de la tempête et de
l'ignorance ; car, dans les déserts de l'erreur tu
mourras. »

pas de lui un morceau de pain, car ce mauvais hôte finit toujours par tuer ses convives [1].

Oh ! si c'est avec ce charme que la servante du cabaret remplit son office, je veux désormais que mes sourcils servent de balai au seuil de la taverne.

Chacun ici-bas aura pour couchette deux poignées de terre. Dis donc aux riches : quel besoin avez-vous d'élever jusqu'aux nues les murs de vos palais ?

Je ne sais vraiment pas ce que tu veux

1. Quelques manuscrits donnent ici ce vers : « Tu n'apprendras jamais un mot des mystères de la création, tant que dans ce monde des possibilités, tu ne seras pas hors de toi-même. »

faire avec ta chevelure, car tu mets en désordre tes boucles qui embaument le musc [1].

Oh ! ma lune de Chanaan [2], le trône
d'Égypte est désormais ta propriété, le
temps est donc venu pour toi de dire adieu
à la prison [3].

1. Quelques manuscrits donnent ici ce vers : « Le
royaume de la liberté et la résignation sont un tré-
sor qu'aucun sultan ne pourrait acquérir par la
force de son sabre.

2. Joseph.

3. O âme du royaume d'Égypte, c'est-à-dire du
royaume des cieux ou bien encore du royaume où
l'on a abandonné tout désir du monde. Ce royaume
t'a appartenu, maintenant il est temps que tu
sortes de cette vie corporelle. Dans les hadis il
est dit : « Ce bas monde est la prison pour les
croyants et le Paradis pour les infidèles. » C'est
pour cette raison que le marcheur dans la voie
spirituelle désire se débarrasser des liens du corps.
Djelal-ed-Din a dit : « Si la mort est un homme,
dites-lui de venir chez moi — pour que je l'em-
brasse étroitement. Je prendrai d'elle une âme
immortelle, — elle prendra de moi un vieux vête-

O Hafiz, bois du vin, sois insouciant,
sois joyeux, mais ne fais pas, comme les
autres, du Koran un objet de ruse et d'hypocrisie [1].

ment bariolé. » Hafiz dit aussi : « Mon corps est un
rideau pour mon âme. Il serait bon que j'éloigne
de moi ce rideau. Cette cage est mauvaise pour moi
dont la voix est mélodieuse, je veux partir pour les
jardins célestes, puisque je suis un oiseau des bos-
quets du Paradis. »

2. Allusion aux hypocrites qui cachent leurs dé-
portements sous le voile de la religion. On peut
penser aussi qu'il s'agisse ici des Sunnites qui, com-
battant les Persans, imaginèrent de mettre le Koran
au haut d'un étendard et marchèrent ainsi à l'en-
nemi. Les Chiites n'osèrent tirer sur le livre sacré
et furent vaincus.

VIII

O Zéphyr! dis à cette charmante gazelle,
le plus doucement possible : c'est toi qui es
cause que nous errons sur les montagnes
et dans les plaines [1].

Pourquoi celle dont les paroles sont si
douces — puisse sa vie se prolonger —
pourquoi ne s'informe-t-elle pas de ce pauvre perroquet qui aime tant le sucre?

[1]. Ce passage fait allusion à Medjnoun, qui, mal-
heureux dans son amour pour Leila, s'en alla, de
désespoir, vivre avec les bêtes féroces sur les montagnes.

Serait-ce la fierté que t'inspire ta beauté, ô rose, qui ne t'a point permis de t'informer de l'état du pauvre Rossignol au désespoir ?

Je ne sais vraiment pas pourquoi ces belles à taille élancée, aux yeux noirs, au visage dont l'éclat rivalise avec celui de l'astre des nuits, éprouvent de l'éloignement pour toute liaison amoureuse.

Le seul défaut que l'on puisse relever dans ta ravissante beauté, c'est que les jolis visages sont d'ordinaire privés de ce grain de beauté qui est l'emblème de l'amour et de la fidélité [1].

1. Ta beauté est parfaite, mais tu manques, hélas ! de cette fidélité qui en rehausserait encore l'éclat. Allusion aux difficultés qu'éprouve le Saleq pour rencontrer la Divinité, celle-ci semble prête à se montrer, puis disparaît tout à coup derrière de nouveaux obstacles.

Quand tu seras en compagnie de ton ami vidant joyeusement ta coupe, aie au moins un souvenir pour les pauvres amis qui n'ont que du vent dans la leur.

C'est avec la gentillesse, l'amabilité qu'on capture le cœur des hommes de goût; ce n'est pas avec un filet et des grains de froment qu'on prend l'oiseau intelligent.

Quoi de surprenant à ce que, entendant les vers de Hafiz, le Zohré, dans le ciel, transporté de joie et d'allégresse, excite à la danse même les enfants de Jésus [1] !

1. Hafiz, Hatif, Saadi, l'auteur du Mesnévi, et bien d'autres, expriment, d'une façon toujours saisissante, l'opinion que la différence des religions n'existe pas ou tout au moins n'a aucune importance. Juifs, Chrétiens, Guèbres, Idolâtres, adorent Dieu; la Synagogue, l'Église, le Pyrée, la Pagode sont des temples élevés à la plus grande gloire de Dieu. Qu'y a-t-il de surprenant à ce que la planète Vénus, applaudissant à cette pensée dont sont

empreints les vers du poète, aussi bien qu'à cette recherche continue de la Divinité qu'il conseille à ses lecteurs, qu'y a-t-il d'étonnant à ce qu'elle fasse partager son allégresse aux sectateurs de toutes les religions qui, sous une autre étiquette que l'Islam, ont, eux aussi, tendu toutes les forces vives de leur âme vers le but que poursuivent les Soufis?

IX

Hier au soir le directeur de nos consciences, en sortant de la Mosquée, se dirigea
vers la taverne ! O amis ! quelle doit être
notre conduite après un tel exemple [1] !

1. Qu'on n'oublie pas, dit Mohammed ibn Mohammed Darabi, que Meï Khané, suivant les termes
techniques des Soufis, est l'état dans lequel se trouve
le marcheur dans la voie spirituelle, lorsqu'il est
inondé par les rayons divins, qui éloignent de lui
les pensées de la vie matérielle, pensées qui sont
un obstacle à son arrivée à Dieu. Il est dit dans les
hadis : « En vérité, Dieu a un vin qu'il donne à ses
amis. Quand ils en boivent ils sont ivres, ivres ils
sont joyeux, joyeux ils recherchent, en recherchant

Nous, pauvres brebis, comment pourrions-nous avoir la face tournée vers la

ils trouvent, ayant trouvé ils volent, quand ils volent ils fondent, fondus ils sont purs, purs ils arrivent, arrivés ils se confondent, confondus, il n'y a plus de différence entre ces amants et Dieu. »

La pensée de Hafiz est que le directeur de nos consciences, et, en réalité, Ali, qui est le Mourchid des Mourchids, celui qui nous montre la route qui conduit à Dieu, hier soir, sortant de la Mosquée, qui est un lieu d'intelligence et d'existence, est arrivé à la taverne qui est un lieu d'ivresse. C'est-à-dire que notre directeur a ouvert le rideau de son existence, et ce rideau était un mur entre Dieu et lui : ce mur il l'a détruit. Alors, que devons-nous faire ? si ce n'est obéir et imiter notre Mourchid. Comme un mort reste inerte entre les mains des laveurs, livrons-nous au Mourchid, car, avoir une pensée propre, un désir, est une offense envers notre Mourchid, offense qui nous éloigne de Dieu.

N'allez pas croire que cette submersion en Dieu — qui est un des dogmes de la philosophie soufie, soit contraire à la religion. Ils ne disent pas, en effet, que l'homme arrive à l'essence de Dieu. Peut-être pourrait-on le comprendre ainsi que le fait Djellal-ed-Din Roumi, quand il dit : « Quelle est la couleur de Dieu ? C'est cette couleur qui ne laisse

Kaaba, notre pasteur ayant la sienne tournée vers le cabaret ?

Réunissons-nous donc tous chez le mar-

subsister aucune tâche et qui est elle-même une teinte. Si quelqu'un se rencontre qui soit de la couleur de Dieu et que vous l'appeliez, il vous dira : Ne parle pas, je suis Dieu! Quelle est donc la couleur de Dieu? et c'est cependant là ce qui fait dire à cet homme : Je suis Dieu. Le fer rouge prend la couleur du feu, mais ce n'est cependant que du fer. Dire : Je suis Dieu, est exactement la même chose que le fait pour le fer rougi de dire : « Je suis feu », prétention qui n'a aucune valeur, pas plus que celle d'une glace qui, reflétant le soleil, dirait : Je suis l'astre du jour !

Ferid ud-dine Attar a écrit : « As-tu jamais vu qu'une créature ait été Dieu ou le soit ? En vérité, il se peut qu'une créature abandonne son essence et ses qualités, mais Dieu a dit : un homme ne sera pas Moi, mais il peut être comme Moi. »

Les philosophes reconnaissent que Zeid et Amr ne sont qu'un, quant au sens, que l'homme et le cheval ne sont qu'un en tant qu'existence. Pour les Soufis « l'union » consiste en ceci : que la pensée soit *une* avec Dieu.

chand de vin, puisque, de toute éternité, notre sort l'a ainsi décidé.

Oh! si l'intelligence savait combien le cœur se trouve bien suspendu à une belle chevelure, tous les hommes d'esprit deviendraient fous pour la chaîne qui nous tient en si douce captivité.

Mon cœur avait enfin saisi comme une proie un instant de repos, lorsque, hélas ! en dénouant ta merveilleuse chevelure, tu l'exaspéras derechef et le replongeas dans ses cruels tourments [1].

Ton joli visage est pour nous un échantillon de la beauté divine ; voilà pourquoi,

---

1. On peut aussi traduire : l'oiseau qui réunit les amants était enfin pris au filet de mon cœur, mais tu dénouas ta chevelure et il s'est envolé derechef.

dans nos poétiques narrations, il n'est question que de charmes et d'attraits.

Ton cœur de pierre sera-t-il enfin une fois au moins touché par nos lamentations cuisantes, par nos soupirs brûlants, qui, la nuit, nous tourmentent ?

Le zéphyr doucement éparpilla tes belles tresses et mes yeux, à cette vue éblouis, furent aussitôt envahis de ténèbres. Voilà, cruelle, tout le profit qui m'est revenu de l'admiration que m'inspira ta belle chevelure.

La flèche de mes soupirs franchit les limites du monde. O Hafiz [1], tais-toi donc,

1. D'autres manuscrits offrent, à mon sens, une meilleure leçon, en remplaçant ici les mots : ô Hafiz, par : ô amie. Le poète dit, en effet, que la flèche de ses soupirs franchit les limites du monde et il invite

aie pitié de ton âme! mets-là à l'abri de ses terribles atteintes.

sa bien-aimée à ne pas se trouver sur sa route. L'ode se termine alors par ces vers qui rappellent le début : « A l'exemple de Hafiz, je ne veux plus bouger du seuil de la taverne, puisque notre compagnon de foi, notre pasteur, en est lui-même devenu le commensal. »

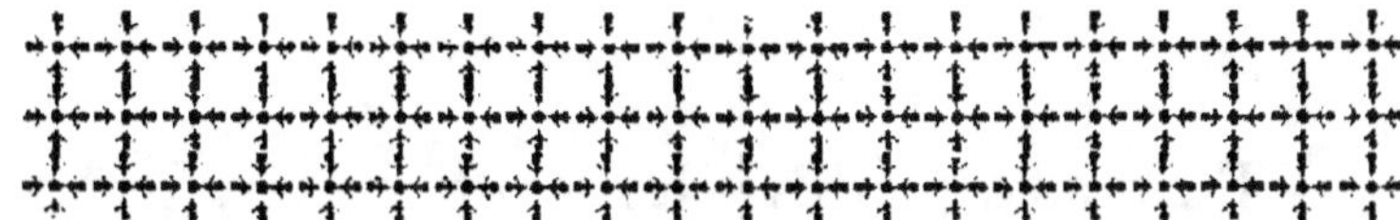

X

Quel est celui qui se chargera de porter ma supplique à ma reine et osera lui dire : par égard pour ta souveraineté, ne chasse pas loin de tes regards ce pauvre mendiant ?

Je cherche constamment refuge auprès de Dieu contre mes rivaux, dans l'espoir que le Chouhab, avec sa flèche acérée, viendra au secours de la pauvre Souha[1].

1. Le Chouhab est une étoile filante qui s'élance du haut de l'éther pour empêcher le démon de monter aux cieux et de se mêler des choses célestes. Le Suha est une petite et mesquine étoile à laquelle.

Tu n'as qu'à dévoiler ton beau visage pour enflammer tous les cœurs ! Mais quel peut être ton profit, dis, à agir ainsi sans modération ?

Si tes noirs sourcils te suggèrent l'idée de ma mort, défie-toi, ô beauté ravissante, de leurs conseils trompeurs et mets fin à tes erreurs.

Je passe toutes mes nuits dans l'espoir que le zéphyr du matin m'apportera une de ces nouvelles qui, embaumées du parfum de l'amour, viennent réjouir le cœur de l'ami qui attend !

Pour l'amour de Dieu, verse une gorgée

par humilité, se compare notre poète. Il espère que le Chouhab le préservera du mal que ses rivaux, qu'il compare à des démons, pourraient faire à son cœur enflammé d'amour.

de vin à Hafiz, lui qui est si matinal, afin
que sa prière du matin puisse avoir quelque
effet favorable [1].

1. D'autres manuscrits donnent : « Quel est donc,
ô amour de mon âme, ce trouble, ce désordre que
tu as jeté dans tous les cœurs? Tu possèdes un
visage dont l'éclat éclipse celui de l'astre des nuits
et avec cela tu as un cœur de pierre. »

XI

Voyez où sont les actes pies, et voyez où je suis, moi, pris de vin ; vois la distance qui nous sépare, où elle commence et où elle finit.

Quelle comparaison entre un débauché tel que moi, les bonnes œuvres et la dévotion ! Quelle différence énorme entre entendre un sermon ou les accords d'un violon [1] !

1. Inutile de dire ici que Hafiz raille les dévots adorateurs des choses extérieures. Il n'est débauché que pour ceux-là qui ne comprennent rien à son état d'âme non plus qu'à sa façon de s'exprimer. On

Mon cœur se détache de la Mosquée, il rejette ce froc fait d'hypocrisie. Montrez-moi la taverne, oh! dites-moi où est ce vin limpide ?

Le beau temps de la présence de ma mie est passé, puisse ce ravissant souvenir demeurer dans mon esprit! Mais elle, elle, animée d'une vaine colère, où est-elle allée? Qu'est-elle devenue ?

Un cœur indifférent, quel plaisir trouve-t-il à contempler les charmes de l'objet chéri [1]? Quelle différence entre des flambeaux éteints et la lumière resplendissante du soleil ?

Regarde ce menton arrondi comme une

retrouve chez Kheyyam le même genre d'ironie, mais beaucoup plus tranchante.

1. La Divinité.

pomme, mais prends garde au puits [1] creusé
au milieu du chemin. [Oh! mon cœur, dans
quel sentier périlleux tu t'es engagé], où
vas-tu donc avec tant de précipitation [2]?

La poussière de tes pieds est l'unique col-
lyre de mes yeux, où puis-je me retirer,
dites? en quittant ces lieux, où voulez-vous
que je porte mes pas?

Le calme, le sommeil, ne demandez donc

1. Fossette, au milieu du menton.
2. Hafiz donne un conseil au Saleq. Dans un état
agréable qui t'adviendra, ne va pas sans guide.
Tomber dans le puits, c'est tomber d'un degré su-
périeur à un inférieur, car il se peut que le Saleq
glisse de ses pensées et tombe. O Khyzr ne va
pas sur cette route sans compagnon, car elle est
pleine de ténèbres. Crains, crains le danger de te
perdre. Djellal-eddin Roumi a dit : « Oh! mon fils,
la route est longue et pleine de dangers, celui qui
marche a besoin d'un conducteur : si tu vas sans
conducteur, fusses-tu comme un lion, tu peux te
perdre et tomber dans un puits. »

pas ces choses à Hafiz, car qu'est-ce donc
pour lui, le calme, la patience, le sommeil?

XII

Oh! échanson! verse, fais resplendir notre coupe par l'éclat du vin. Chanteur! continue ton refrain, car les douceurs de ce
monde répondent à nos désirs.

Nous avons vu, reflétée dans la coupe [1],

1. La coupe est le cœur du Souti éclairé par
la lumière spirituelle; mais c'est aussi l'univers
inondé de la splendeur de Dieu. Dieu s'y reflète, et
c'est ainsi que je l'ai vu; pourquoi vous étonner
dès lors si je chante les louanges de la coupe et si
je veux y tremper mes lèvres? Vous n'y connaissez
rien, vous qui nous donnez le nom d'ivrogne et de
débauché.

l'image de l'objet aimé, sachez-le, ô vous qui ignorez les délices de nos constantes libations !

Quels que soient la grâce, les mignardises délicates, les gestes amoureux de ces grandes et belles créatures, elles sont éclipsées dès qu'apparaît ma bien-aimée, à la taille élancée comme celle d'un cyprès, à la démarche lente et gracieuse.

Celui à qui l'amour a donné la vie ne mourra jamais. C'est pourquoi l'éternité de notre existence est inscrite sur les feuillets de l'univers.

Je crains bien qu'au jour du jugement dernier le pain licite du cheikh ' n'ait aucun mérite sur notre illicite boisson.

1. Ainsi que nous l'avons dit, le bien et le mal

O Zéphyr, si tu viens à passer par l'Élysée où sont réunis nos amis, n'oublie pas
notre mie [1] et en lui présentant nos saluts,
dis-lui :

Pourquoi, dès à présent et de propos
délibéré, nous oublier ainsi ? Assez tôt viendra le temps où tu oublieras jusqu'à notre
nom [2].

n'existent pas en ce bas-monde. Dès lors, au jugement dernier, quelle différence y aura-t-il entre le
vin que nous avons bu, et qui est impur, et le pain
sans tache des docteurs musulmans? Cela veut
dire, en généralisant, que les actions prétendues
orthodoxes des docteurs musulmans ne seront pas
élevées au-dessus de notre débauche et de notre
ivrognerie.

1. La divinité, objet de notre unique amour.

2. Quelques manuscrits donnent ici ce vers :
« Dans son ardent désir d'atteindre l'objet de son
amour, mon cœur, semblable à la tulipe, se resserre et se trouve à l'étroit. Oh! fortune, oiseau
volage, quand nous seras-tu propice? »

L'effet des vapeurs du vin sied aux yeux langoureux de notre ravissante amie. Là, est la raison pour laquelle on nous a prédestiné à cette douce ivresse à laquelle nous nous livrons.

Cette plaine céleste, semblable à une mer sans bornes, et ce croissant qui, tel qu'un navire, semble voguer sur l'onde, sont inondés des bienfaits de notre Hadji Qawam [1].

Donne un libre cours à tes larmes, ô Hafiz, laisse couler ces grains de perle, il

1. Après les strophes précédentes si poétiquement mystiques, le lecteur est surpris de voir Hafiz tomber dans une banalité pareille, dans le but unique d'être agréable à Hadji Qawam, son contemporain et ministre puissant à Chiraz, en exagérant sa libéralité jusqu'à vouloir que le ciel et la lune lui en soient reconnaissants.

se peut qu'alors, attiré par ces appâts, l'oiseau compatissant qui rapproche les amants
vienne se prendre dans nos filets !

———

XIII

L'aurore commence à poindre, les nues se rassemblent comme des troupeaux de moutons. Oh! amis, du vin! du vin! [1].

Les gouttes de rosée perlent sur les tulipes, ô amis! du vin du matin! du vin!

1. Particulièrement le vin du matin, il est recommandé, en effet, en Perse, de boire une ou deux coupes de vin le matin; au réveil après une nuit d'orgie. Ils se débarrassent ainsi, disent-ils, du mal de tête qui suit les excès; le vent du matin jouit aussi, paraît-il, de propriétés thérapeutiques du même genre.

Le zéphyr du séjour céleste souffle et traverse la prairie. Oh! buvez! buvez! buvez constamment du vin limpide.

Les fleurs entrelacées forment un trône d'or sur le gazon ; oh! profite d'un tel moment, jouis de ce vin couleur de feu.

Désormais la porte de la taverne est fermée, ouvre-la, toi qui ouvres toutes les portes [1].

Il est étrange qu'en une saison pareille l'on mette tant d'empressement à fermer les portes de la taverne.

Si, comme Alexandre, tu prétends à la

[1]. Allusion à un passsage du Koran où Dieu est qualifié d'ouvreur de toutes les portes.

vie éternelle, cherche-la sur les lèvres roses
de cette ravissante beauté.

Oui, tes lèvres, tes jolies lèvres étaient en
droit de déverser sur les blessures brûlantes de mon cœur tout le sel dont elles
sont empreintes.

O Hafiz, n'aie aucun chagrin, car la fortune, cette amante chérie, finira bien par
soulever son voile en ta faveur.

LE PUY-EN-VELAY

IMPRIMERIE RÉGIS MARCHESSOU